風らんの咲く頃

Sachiko Nakashima
中島幸子

文芸社

昭和 63 年 1 月 19 日撮影、夫 58 歳

いつも見守ってくれた青野山

山口線津和野駅

一番お気に入りの盆栽、紅白の梅

夫が好きだった植木たち

風らん、台も夫の手作りです

寒らん、青心

ウメモドキ

はじめに

山のあなたの空遠く
「幸《さいわい》」住むと人のいふ……

誰でも一度は口ずさんだことのあるこの詩。人間は皆、幸せを求めて生きています。でも一番の幸せ、それは生きているという事ですね。平凡でもいい心豊かに暮らしたい。朝起きて窓を開ければ、心地よいそよ風、心安らぐ雨の音、ふりそそぐ太陽《ひ》の光、特別な事がない限り自然は平等に私達に語りかけてくれます。命さえあればそれを受けとめる事が出来るのです。

少女の頃、四つ葉のクローバーをよく探しました。あるようで見つからない四つ葉のクローバー、見つけた時の嬉しさ、何か良い事がありそうなそんな乙女の日の喜び……。こうして、皆幸せを求めて生きて来ました。

なのに今、世の中を見渡せば、なんと恐ろしい悪魔の多く住む世界となった事でしょう。人間が人間を殺す、幼い我が子をたたき殺してポリ袋に詰めて捨てる、連日のように続く悲しいニュースに心が痛みます。

皆、人間の心がすることですね。だからやっぱりやさしい思いやりの心が大切なんだ……

と明るい世の中になることを、いつも祈っている私です。

庭先に佇めば、夫の遺したミセバヤの可愛い花や、オモトの赤い実が……夫の声で呼びかけます。今朝は、四季咲きの木犀の甘い香りが私を包みます。

だけど、時が来れば精一杯に花開き散ってゆく、主を失った花たちのなんといじらしいことよ……。でも、それは私の鏡なのかも知れません。

私は思い立って孫達とユニバーサル・スタジオ・ジャパンに行って来ました。

おとぎの国のような園内、そして、スピルバーグ監督の優しい案内で映画の世界に吸い込まれてゆきました。また、顔まで迫る画面に圧倒されて、いつまでも覚めやらぬ感動に「ああ生きていてよかった！」と、今も生命が躍ります。生きていたからこそ味わえたこの歓び……。

私の人生は山あり谷あり、いろんな事がありましたが、人間はどんな苦労も乗り越えられるものですね。

どうぞ、穏やかな日々でありますように……。

いつの世も変らぬ想いなつかしく
孫のつみ来し四つ葉のクローバ

もくじ

出会い

山陰の小京都と言われる津和野（島根県）に生まれた私は、女学校を卒業すると、丸山公園のすぐ近くの自宅から歩いて駅前の会社へ通っていました。

ある日、道路を隔てた向かいの会社から、じっとこちらを見つめている長身で端整な顔立ちの青年と、パッと視線が合い、私はアラ！　もしかしたらこの世の中でたった一本の赤い糸で結ばれる人がこの人かもしれない、と直感しました。次の日も、また次の日も……。やがて、青年は私に近づいて恋を打ち明け、お互いの一目惚れで急速に交際が始まりました。

彼は津和野の町からバスで三十分くらい入った山あいの村に住んでいて、まだ二十三歳の若さなのに自分で大きな家を建て、材木業のかたわら終戦後に流行《はや》った楽団の歌い手でした。

出会って間もない春、私の家に来た彼と、ツツジの花で赤く染まった丸山に登りました。

若き日の夫

「憧れのハワイ航路」「男の純情」「返り船」……など、幼友達のように歌い続ける彼の上手な歌声に聴き惚れて、私はいちだんと彼の人柄が好きになっていきました。

母も、娘が初めて紹介した青年の、あまりの男前に目をみはりました。

しかし、（男前だけで女は幸せになれるだろうか）と私は心配で、彼を知る年配の人達にそっと相談しました。その返事は、

「悪いことは言わない、そんな結婚はやめた方がよい」

「仕事はやり手だけど、三拍子揃った遊び人だ」

と、異口同音に返ってきました。

そればかりか、数多く付き合っている女性の中に子連れの芸者さんがいて、その子供に「お父ちゃん」と呼ばせて夫婦きどりで、それを両親からなじられ、鞍替えをするために私

との結婚を急いでいるのだというのです。

でも、どんな悪条件でも、あの赤い糸の運命的出会いに、私は到底彼を忘れることが出来ませんでした。

やがて、電話のベルが鳴り、

「誰に聞いても、純真なあんたには負けました。私は黙って身を引きます。どうぞ文《ふみ》ちゃんのことはお願いします」と言います。

まさか、あの女《ひと》から電話があろうとは……。

結婚したのはその年の昭和二十八年、夫が二十三歳、私が二十二歳の初夏でした。私はその時の選択を今いささかも後悔はしていません。

夫が結婚前に建てた家

秋祭り

バスの中から、ぞろぞろと三味線を片手に四人の芸者さんが降りて来ました。結婚間もない秋祭りは、近くの川原で競馬もあり、稲刈りを終えほっとした村人が、家に牛や猫を残して川原につめかけ村中賑わっていました。

夫の連れて来た芸者さんを家に迎えた私は、おもてなしに大忙しでした。三味線に合わせて唄に踊りに、酒もまわって夫は自慢の声をはりあげドンチャン騒ぎ……。

やがて太陽が西に傾きかけた頃、ほんのりと紅い顔の芸者さんを引き連れて夫は競馬場のほうへ向かいました。

私も着物の衿もとをちょっと整えて、ニコニコとついて行きました。

村人は、初めて見るお嫁さんよりも、ほろ酔い加減で同じように衿足を高く結い上げた四人の芸者さんにみんな目を白黒させていました。

それはきっと、田舎ではとても見られない異様な光景だったに違いありません。

幼き日々

あたまを雲の上に出し、
四方の山を見おろして、
かみなりさまを下に聞く、
ふじは日本一の山……

七人兄弟の四女に生まれた私は、幼い頃から「スタコラ幸ちゃん」と呼ばれ、誰からも可愛がられて育ちました。

小学生の姉達の歌う富士山の唱歌を聞いて、〝何としても富士山が見たい！　日本一高い山なら、きっと津和野からも雲の上に富士山が見

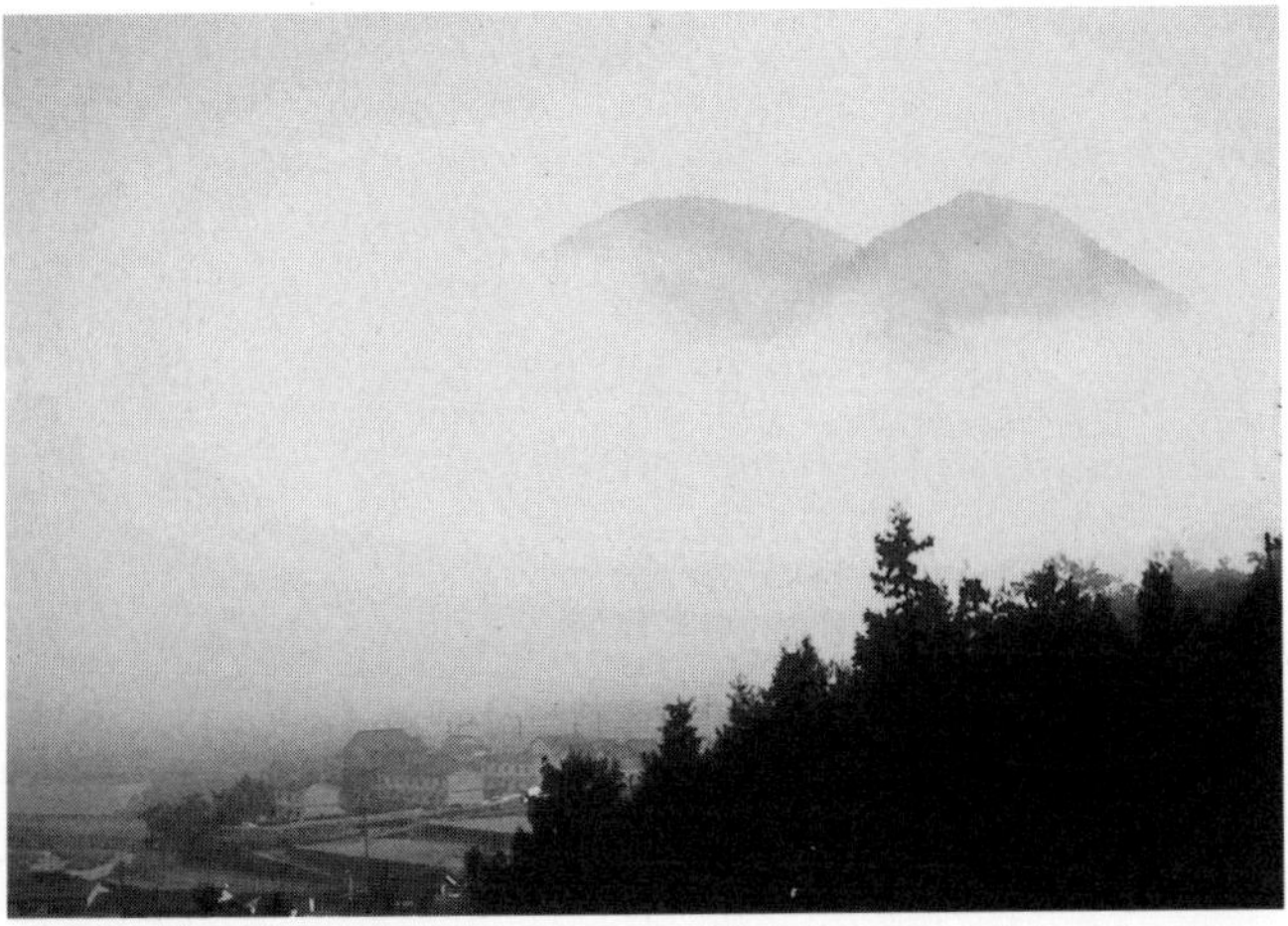

青野山（心に描いた富士山）

えるに違いない。早く見つけてみんなをびっくりさせよう〟と、私は毎日毎日頭が後ろへひっくり返るほど空を眺めて、富士山を探しました。

それは私の忘れられない幼き日の不思議な思い出です。富士山は後《のち》に、私の人生の原点となりました。

またある日、目の見えない坊さんが長い竹の先をチョンチョン道に当てながら通りかかると、とんで行って手を引き、遥か遠くの桂橋《かつらばし》のそばの家まで連れて行きました。まさかあんな遠くまで行くと思わない母が、今度は遅い私の帰りを心配して迎えに来ました。

私は、すごく良い事をした嬉しさで、スキップをしながら母に近づきます。何をしてもちょっと変った「スタコラ幸ちゃん」の私は、いつも笑顔を絶やさない、目のクリクリした子供でした。

私の家は津和野藩主に仕え、私の幼い頃、亀井様が東京からお帰りになる時は、白い割烹着の人たちと伯父がお庭の手入れやお邸のお掃除をしてお迎えしていました。その頃、広いお庭をのぞくと、燃えるような深紅のキリシマつつじが目にとび込んで、びっくりしました。

温厚で優しい父は私が十歳の春に亡くなり、二人の兄は出征し、すぐ上の姉は女子挺身隊員として呉の軍需工場に動員され、家に居た私は母を助けてよく働きました。

女学校に行く頃には、

「この子は本当にいい子だ。きっと良い人と結婚するだろう、開業《かいぎょう》な子だ」

と近所の人の話が聞こえました。ただ笑顔だけが取柄の私なのに……。

眞盛りの紅菊黄菊　をさな日の
花かんざしをせし友いずこ

愛あればこそ

秋祭りも終わり脱穀機の音が村中に響き渡る頃、丸山の近くに住むおじさんが農機具の修理に廻って来ました。おじさんは家に帰るとすぐ、私の実家へ行き、

「なんであのええ子をあんな所に嫁にやったのか、すぐ連れ戻しにわしが行ってやる」

と、母に泣きついたそうです。これほどまでに他人が心配してくれても、当の私は何人

もの女性に好かれる夫を誇らしくさえ思っておりました。

みかん

ある日の事、夫ははち切れんばかりにふくらんだ両方のポケットからみかんを出しては食べ、出しては食べ、コタツの上は見るみるうちにみかんの皮の山になり、とうとう最後の一コまでひとりで食べてしまったのです。

さっきまで全身を耳にして夫の帰りをひたすら待っていた私は、あっけにとられて涙も出ません。せめてたった一コだけでも、私に食べさせようという愛情はないのでしょうか。どんなに小さいお饅頭でも、みんなで分け合って食べた私には想像もつかない光景でした。末っ子だからなのでしょうか……。

また、一つの珍しい一面を見てしまいました。腹が立つよりも滑稽でした。

私のおなかには子供がいるというのに……。

これも男前に免じて、新婚時代のリスさんのいたずらと思って忘れることにしました。

悲しい出来事

私には三人の娘がいます。

二女の美佐子が小児麻痺になったのは二歳の時でした。それまで走り廻っていた子供が、一夜にして腰から下の筋肉が全くいうことをきかなくなり、ちょうどその時、三女の千晴が私のおなかで八カ月でした。大きなおなかの上に美佐子を抱いて、津和野共存病院へ入院しました。

それは、ちょうど五年目の結婚記念日の朝でした。

その時、両隣りの同じ年頃の子供も小児麻痺になり、三人の子供が同時期に入院し、この事は新聞にも載り、私達にとって本当に悲しい出来事でした。

私は全身の血が逆流せんばかりの思いで子供の回復を祈り、病魔と戦いましたが、五十五日目に退院した時は、一歩も歩くことも立つことさえも出来ませんでした。

治療のために一家は病院の近くに移転して、私は毎日大きなおなかに二女を抱いてマッサージに通うのに、夫は夜になればネオン街の赤い灯青い灯をさまよって家に寄りつかず、たまに帰れば、私が質屋から持って帰ったマッサージ代までも取りあげて、また出かけるのでした。

子鷺踊り

稲成神社の春祭りが過ぎると、私達のつらい日々にも時は流れ、いよいよ弥栄神社の祇園祭りです。

島根県指定無形文化財の鷺舞が七月下旬に古式豊かに町のあちこちで奉納されます。美佐子が発病した昭和三十三年に始まった子供達の子鷺踊りは、赤と白の衣装をつけ、鈴の音もさわやかに踊る子鷺の行列は、歌にあわせて城下町に美しい絵巻を繰りひろげ、一度見たら一生忘れられないほど可愛い郷土芸能の一つです。

遠くから聞こえる鈴の音に誘われ、子供を連れて外に飛び出した私は、出産間近の大きなおなかのうえに、足の不自由な美佐子を抱きあげ人垣の中で背伸びしました。美佐子は大喜びで手をたたいています。

（ああ！　この子ももうすぐこの中に入って踊れるものを……）

　その時、熱い涙が止めどもなく溢れ出て、私は抱いた美佐子の服に顔を押し当て、眼がふやけるほど、一生分の涙が枯れ果てるまで人ごみの中で泣き続けました。まわりの人は私の涙の原因が何だったのか知る由もなかったことでしょう。

　やがて、子鷺踊りの可愛い子供達の長い行列は通りすぎ、シャンシャン、シャンシャンと鳴る鈴の音は遠ざかって行きました。

　あの時の涙と、あの子供達の赤と白のコントラストの衣装と鈴の音は、三十年以上経った今も私の脳裏に焼きついて鮮明によみがえります。

かわいい子鷺踊り

時雨の雨にぬれた鳥
鳥が橋を渡します
白いお袖に鈴が鳴る……

三女の誕生

子供が産まれるというのに、夫は糸の切れた凧のように捕まえる術もなく、連絡のしようもありません。

やがて、長い夜が白じらと明けかかった頃、私の母が駆けつけました。家での出産です。助産婦さんもみえました。

これで私のことより足の不自由な二女の面倒を見る人が出来、やっと私もひと安心した頃、夫は何も知らずにこっそりと帰って来ました。それも産まれたばかりの子猫を抱いているのです。朝帰りに気がひけたのか、途中で拾った子猫でした。

その時、助産婦さんの烈火の如き怒声が飛びました。夫はすごすごと猫を外に出し、とうとう子供が産まれるまで、助産婦さんの厳しい説教が続きました。きっと夫の放蕩は有名だったのでしょう。

やがて、福々しい顔の女の子が誕生しました。やっと落ち着いた頃、母は、

「これほどこらえ性のええ子はおらん。よう辛抱する……」

と心の底から言いました。

こんなに辛い日々を送りながら、夫を許すことが出来るでしょうか。苦労をかけたお母さんや子供達には悪いけど、どんなに辛くとも、やっぱり赤い糸に免じて夫を許すしかありませんでした。

春爛漫

観光の町津和野は、どこへ行っても花見客で賑わっていました。

夫はもう三日も家に帰っていません。津和野駅から二つ目の山口県の地福に行けば会えると、生後八カ月の末っ子を抱いて、足の不自由な二女を背負い、長女の手をひいて捜し

に行くことにしました。

津和野駅で駅員さんにそっと尋ねると、

「今朝、改札を通って行かれましたよ」

という返事で、元気でいることが確認出来、ほっとしました。でもこの目で見るまでは心配です。三人の子供を連れて地福駅に着くと、夫はいました。山の仕事仲間と小屋の中で花札をしている最中でした。私達を見ると、

「帰れ！」

と物凄い剣幕でした。今やっと夫に会えたというのに、すぐ引き返すしかありません。小屋の傍らには薄桃色の八重桜が愁いを秘めて、きれいに咲いていました。

汽車の窓から見える春爛漫の景色は涙で曇り、なんと悲しい春でしょう。

本当に夫は飲む、打つ、買うの三拍子で、飲み屋から仕事に通っていたのでした。

三女の千晴が生まれて初めて見る桜の花なのに……、この子達のためにも、〝私の愛で絶対に夫を立ち直らせて見せる〟と、そのとき心に誓いながらも、「朱に交われば赤くなる」というように、この環境の中ではどうする事も出来ませんでした。

夫もさぞ辛かったことでしょう。家に帰れば、誰でも逃避したくなるような現実が待っ

ているのですから。でも、私はその中で三人の子供を守って生きているのです。

どんなに辛い時でも私は、駅前で初めて夫に出会った時のあの胸のときめきを忘れたことはありません。

(こんなに私が想っているのに、どうして私の心を解ってもらえないのだろう……)そう思うだけで、私は夫を憎むことは出来ませんでした。思い返せば、私達にとってその頃が一番厳しい冬の時代だったようです。

喜びも悲しみも二人で分け合って生きていきたい……。

辛い時こそ、悲しみを勇気に変えて生きて来た私でした。せっかく結婚したのだから愛し合って生きていきたい……。

洗濯機

全身を耳にして夫の帰りを待っていても、夫は赤い灯青い灯と、家には帰りません。

母は、米びつをそっと抱えてみては一、二升の米を何も言わずに入れてくれました。私は三女を寝かしつけてマッサージに通うのに、まず質屋へ行かなくてはなりません。私の宿命のために子供達にまで質屋の暖簾《のれん》をくぐらすことは私には出来ません。その時だけは一人で行き、帰りに五円玉で着せ替え人形の紙などを買ってきて子供を喜ばせてやりました。それは、せめてもの私の笑顔をつくるための手段でもあったのです。

こんなに辛い日々でも、自分の宿命に泣くばかりで、私には夫を憎むことが出来ませんでした。

ある大雪の日、夫は友達の飯場に洗濯機が要るので、家の洗濯機を一万円で売ると言います。お米もお金もない私は、これで当分の間助かると、あかぎれの血の滲む手で雪の上に洗濯機をねかせ、モーターまでピカピカに磨きました。

その当時、お米は一斗で千五百円くらいでした。二人の友達と夫は、洗濯機を車に積んで出て行きました。

私は「ありがとう」と頭をさげて、洗濯機が見えなくなるまで見送りました。

（ああ！　やっとひと息つける）と夫の帰りを待ち続けました。でも夜も深まり、やがて朝日が軒下のツララをキラキラと輝かせても夫は帰りません。

やがてまた夜になりやっと帰った夫は、一円玉もなく、あの一万円で益田の「カサブランカ」に皆で繰り出し、全部使い果たしたというのです。

あのあかぎれの手でモーターまで磨いた洗濯機……、私はもうこれで限界と、その場に泣き崩れました。

きっとあの一万円を、みんなの手前生活費にすることは、夫のプライドが許さなかったのでしょう。

小児麻痺の子供と幼子を抱え、一粒の米も一円のお金もない人生、こんなに辛い人生がどこにあるでしょうか……。

それでも夫は私に謝ることの出来ない人でした。どんなに男前の夫でも、赤い糸に免じても、この一点だけは私にも決して許すことは出来ませんでした。

さらば故郷よ

「あんたは絶対に都会に出る人だ」

と、新婚当時ひょっこり家を訪れた見知らぬ人が、家相と私を見て言いました。

何かあればその言葉が思い出されましたが、それがついに実現する日がやって来ました。

昭和三十八年二月のことです。

大雪で山の商売も出来なくなり、夫は一人で大阪へ働きに行きました。私は毎晩夫への励ましの手紙を書き続け、私からの便りは一カ月間に十七通も大阪に届きました。そして、四月には私達も大阪に移り住むことになったのです。

一家五人を乗せた列車は、私達の幸せを一心に願い続ける母たちの祈りを背に受けながら、辛い過去を忘却の彼方へ押しやるように、一路大阪へと走り続けます。

窓の視界はだんだんと変貌して、都会の風景が広がって来ました。いくらふる里が恋しくても、もう後戻りは出来ません。こうして私達は、不安の中に大阪での第一歩を踏み出したのでした。

都会の赤い灯青い灯は田舎のネオン街とは勝手が違い、結婚以来十年間続いた夫の放蕩はぴたっとやみました。

私達は貧しいながらも、やっと夫に寄り添って、初めて充実した人生をスタートすることが出来ました。

三人の子供も、小学三年生、一年生と四歳になり、一コ六円のコロッケと一盛二十円のトマトでも、夫のいる食事はなんと楽しいひと時でしょう。

「ふる里のお母さん、大阪で私はきっと幸せになってみせます……」

と、ふる里の空に向かって母に呼びかけました。

美しき津和野

菜の花が早春の風に揺れる頃、三月十日の初市《はついち》からふる里津和野の春は始まります。

そして二十日市、二十八日の雛市《ひないち》と、殿町《とのまち》の川べりに苗木、おもちゃ、おかし、人形などいろんな店がたち並び、ながく雪に閉ざされた

殿町の風景

殿町の菖蒲、この向かい側に市がたちます

人々は、青野山の残雪を仰ぎながらもやっと春を告げる市《いち》に誘われて町にくり出します。

私も葱の苗や花の苗木を持った母に連れられ、肌色の可愛いキューピーをしっかり握った手で、竹の先に赤、黄、緑の羽根を一緒にくくり付けたきれいなゴム風船を大きく膨らますと、すぼむ時〝プワーン〟と鳴って、楽しい春の始まりです。何回も鳴らしながら帰りました。

津和野の雛祭りは一月《ひとつき》おくれの四月三日で、母のつくった沢山のご馳走を持って近くの丸山に登り、子煩悩な父をはじめ家族全員でお節句の花見を楽しんだ幼い日の追憶が、熊笹に紅椿を通して作った花飾りに漂う父の煙草の煙と共に、懐かしく今も私を包みます。

お城山

お節句がすむと、それまで足踏みをしていた季節も一気に春めいて、津和野は町全体が見事な花盛りと化し、川べりの桜並木にきれいなボンボリに灯が点り、夢の国のような夜が静かに更けていきました。

桜並木の下を流れるきれいな川には大きな鯉がゆったりと泳ぎ、菖蒲の花が水面に影を漂わせ、そのすっと背伸びした可憐な姿は道ゆく人々に城下町の気品を教えてくれているようでした。

東には海抜九〇八メートルの青野山が聳え、兄達とゼンマイやワラビ採りに青野ケ原を飛び廻りました。

西にはお城山が昔の面影を留め、歴史の跡を偲ばせています。

お城山に登ると津和野の町が一望でき、私達の姿を見つけた母が家の庭から手を振っているのが小さく見えました。

「よーい」

と大声で叫びながら、私は広い城跡をピョンピョン飛び跳ねて、なん度も母に手を振りました。標高三六七メートルのお城山から、晴れた日には山口の街並みも見えました。

秋になると四方の山々が鮮やかに紅葉し、津和野の町は自然の織りなす錦絵に包まれます。

私は、こんな素晴らしい「山紫水明」のふる里を、また鴎外をはじめ多くの偉人を輩出した郷土をいつも誇りに思いながら、辛い日々に、ふる里津和野を私の原点として、どんなに雪深い冬の後にも必ずやって来る津和野の桜花爛漫

お城山、秋には紅葉が目にもあざやか

の春を思い出して、大阪の地で頑張り、あれから三十年の歳月が経ちました。

水清く人和やかな鯉の里
在りし日偲ぶ父母の面影

ふる里の桜に優る桜なし
心の内にいつも満開

湊西小学校

ささの葉さらさら
のきばにゆれる……

津和野大橋の桜、いつも心の中で咲いています

歌に合わせていつの間にか学校です。

普通校の小学生になった美佐子を背負って、私は毎日学校への送り迎えです。

「人に迷惑をかけてはいけないよ」

「いつも笑顔と感謝の心を忘れてはいけないよ」……

と、雨の日も風の日も親子の対話は弾みます。学校に着くと、友達が駆け寄り面倒をみてくれました。私は急いで帰り、掃除、洗濯をすますとまた授業の終わる頃に迎えに行き、時には教室の掃除を手伝うこともありました。

ここで、堺市立湊西小学校の創立十五周年の記念特集号に寄せた、拙文を紹介させていただきます。


「皆さんありがとう」

ポプラの並木がしっとりと濡れ、秋の日差しが目にしみる雨あがりの午後、私は滲み出る涙を押さえながら学校を訪れました。

果たして障害児である我が子の面倒を引き受けて下さるだろうか。お願いするのが厚かましいのではなかろうか……と、私たち親子の宿命に胸は沈んでおりました。

思えば庭に百日草が咲き乱れ、コスモスの蕾がふくらんでいた頃、チョコチョコと走り廻っていた子供が一夜にして小児麻痺という病魔にとりつかれ、親子の悲しい宿命との戦いが始まったのです。なんとか元の体にしてやりたいと、筆には書き尽くせない苦労の中で、やっとあの小さい足で大地を踏みしめて一歩二歩と歩くようになったのです。

（どうか美佐ちゃん許しておくれ。お前の不自由を代ってやれないお母さんを許しておくれ）

ぎこちなく歩くわが子の姿を見るにつけ、元気な子供が飛び廻って遊ぶ姿を見るにつけ、涙が溢れてくるのでした。

（そうだ、自分たちの宿命に泣いてばかりいてはいけない。たとえ体は不自由であっても、明るく素直に育てていこう。元気な人以上に幸せな人生をあの子のために築いてやろう。そのためにどんな事があっても、私は強く生きるのだ！　その責任を背負って、賢明な母親になっていこう）

と心に言い聞かせながらも、折にふれ、つい涙は溢れてくるのでした。

教頭先生は大変親切に涙さえ浮かべて、温かく迎えて下さいました。

いよいよまた変った環境の中での戦いが始まるのです。校舎はとても粗末な建物でした。でも私は、その中に人情味豊かな温かさを、ふる里のような懐かしさで感じとることが出来ました。

次の日から子供を背負って通学しました。お友達は皆親切で、一人もじろじろと足に目を向ける子供もおりません。きっと私の一念が通じて、こんなに立派な学校に来ることが出来たのだと心から感謝しました。

どの先生方も、本当に児童の一人一人の心の中にまでも行き届いた細かい指導をしていらっしゃいます。やはり家庭にあっては親が子供の手本であるように、学校では先生の心が子供たちにいきいきと通っていました。

ちょうどそれは校庭の池の中に咲いている睡蓮の花のように、清く私の心にうつりました。たとえチューリップやダリヤのように美しく誇らしく咲かなくとも、道端に咲く野菊のように可憐に人の心を誘う花でありたい……。

湊西小学校は、その粗末な建物とその中に生きる人達の温かい心は野菊の花にぴったりとするものを私は感じるのです。その中で四年間、私の想像以上に明るく素直にのびのびと育ってくれました。

先生方、お友達のみなさん、本当にありがとうございました。

美佐子はきっと、この学校の環境の中で築いた心を何時までもいつまでも持ち続けて、きっと楽しい人生を勝ちとってくれることを私は確信しているのです。

卒業式

名前が呼ばれ、子供達に次々と校長先生から卒業証書が手渡されていきます。

いよいよ我が子の番が来ました。

「中島美佐子」

「ハイ！」

と、大きな声で返事をしました。その時です。

それまで座ったままで一人一人の児童を目で追いながらじっと見守っておられた先生方が、全員立ち上がって我が子に大きな拍手を送って下さいました。

私は万感胸に迫り、友達に支えられ、はち切れんばかりの笑顔で前に進む美佐子が壇上に上がったのを見届けると、感涙にむせび、もう顔を上げることも出来なくなりました。

（先生方、お友達の皆さん、六年間本当にありがとうございました……）

やがて卒業式も無事に終わり、私達父兄は校庭に出ました。

胸に赤い花を付け、しっかりと卒業証書を持った子供達がいま式場から出て来ます。

お父さんお母さん達は遠く離れた校門の近くに集まって、子供達を拍手で迎えます。

私にとって今日が小学校最後の送り迎えの日となりました。二列になって式場から出て来る子供の中に美佐子の姿を見つけた私は、なりふりかまわず校庭を走り抜け、我が子の近くに駆け寄りました。美佐子はしっかりと友達に支えられ、笑顔で私の前を通り過ぎました。昨日まで六年間二人で歩いた校庭なのに……、今日は手を差しのべることも出来ません。

またまた感極《かんきわま》って、先生方や父兄の皆さんの温かい視線と大きな拍手の中を、美佐子を追うように私は泣きながら校庭を一人で歩きました。

午後から出席した謝恩会で、

「ながいこと教員生活をしているけど、今日ほど感動した卒業式は初めてでした」

と、先生方から励まされました。こうして美佐子は、多くの人達に支えられ、立派に成長し湊西小学校を卒業することが出来ました。

泉南漬け

背なか中にサロンパスを貼って、夫は家族のために一生懸命に働いてくれました。その時の仕事は、本当に夫にとって津和野時代の罪滅ぼしとさえ思えるほど厳しい五年間でした。

毎朝、自転車通勤の夫の後姿に無事を祈りながら、見えなくなるまで見送りました。夫はとうとう腰痛で会社を休むようになり、今度は私が働かなくてはなりません。学校へ子供を送って、また連れに行くまでの三時間、近くの縫製工場のパートに行きました。夏休みには長時間のパートもでき、鉄工所でも働きました。こうして私が働きだすと、夫は私をあてにして、子供の送り迎えによいから夜のホステスになれと言うのです。

毎日責められ、私は夕食が済むと難波の方へ出かけ、全くホステスになる気がなくても、私が行動を起こさないと夫は許しません。職探しに難波まで行った証拠に、一番安くて実用的な泉南漬けを一つ買って帰りました。包装紙の「難波」という字が要るのです。ただそれだけで、昼間働いて疲れ切った体で難波や天王寺の方からトンボ返りをして、

「どこにもいくとこなかったわ」

と、それから洗濯をして休むのです。ホステスの話がおさまるまでに一カ月くらいかかりました。

泉南漬け、おたべ、赤福餅……は、私にとって懐かしいその頃の強い私の味方でした。

セールスマン

白いワイシャツにネクタイ……なんとハンサムな男でしょう。

夫は職安の紹介で、生命保険の外務員になりました。背広姿で鞄をさげて、単車で出勤します。私は

職場での夫。マイクを持って意気軒昂。
とんがり帽子はいつみてもおもしろい

いつも靴と単車をピカピカに磨いて、夫の姿が見えなくなるまで見送りました。

セールスの仕事が性に合ったのか、成績も抜群で、優勝カップに楯、賞状が家中に並びました。そして営業第一線座談会の大型保障時代販売活動の対談で、会社を代表して語り、新日本保険新聞に掲載されたり、生命保険協会優秀外務員賞、リムラ国際継続率優秀賞を受賞し、英語の賞状まで頂きました。

こうして我が家は冬の時代から春の時代へと廻り舞台のように明るく変わり、私もやっと専業主婦に納まることが出来ました。

数えてみれば、十一カ所のパートをしたことになります。内職もしました。

子供達も、勉強にお手伝いに本当によく頑張ってくれました。とくに子供の成績は、私にいつも生きる勇気と希望をあたえてくれました。

職場で何か頂いたようです

貴方はやっぱり日本一……私はやっぱり都会に住む人でした。

3ちゃんへ

みかんが三コしかありません。

その一つずつにサインペンでイヌ、サル、クマさんなどの絵を書いて、

「今から○○へ行って来ます。みんなで仲よく留守番をしていてね
3ちゃんへ　　母さんより」

「ただいま！」

と帰って来た子供達の笑顔を思い浮かべながら、私はみかんにひょうきんな絵を書きます。眺める時間が長い程皮をむくのも遅くなり、笑顔も倍にひろがるでしょう。私の気持ちもきっと子供に届くでしょう。


普段は玄関に向けて生けた花びんの花……、たった一本の花だから……、夫の座る位置

に向けました。

「お帰りなさい。留守をしてごめんね。冷蔵庫におさしみがありますよ。
幸子」

今日はどうしたことでしょう。メモの余白に、

「きれいな花だ！
もう一軒お客さんの家に行って
早くかえります。　文一《ふみいち》
幸子さん江　二時三十分」

私はその紙を半分に折って、達筆な夫のメモを人形ケースのフランス人形に立てかけ、いつまでも宝物のように飾りました。私のちょっとした気持ちが通じたのでしょう。

夫からの一生に一度の、優しいメモでした。

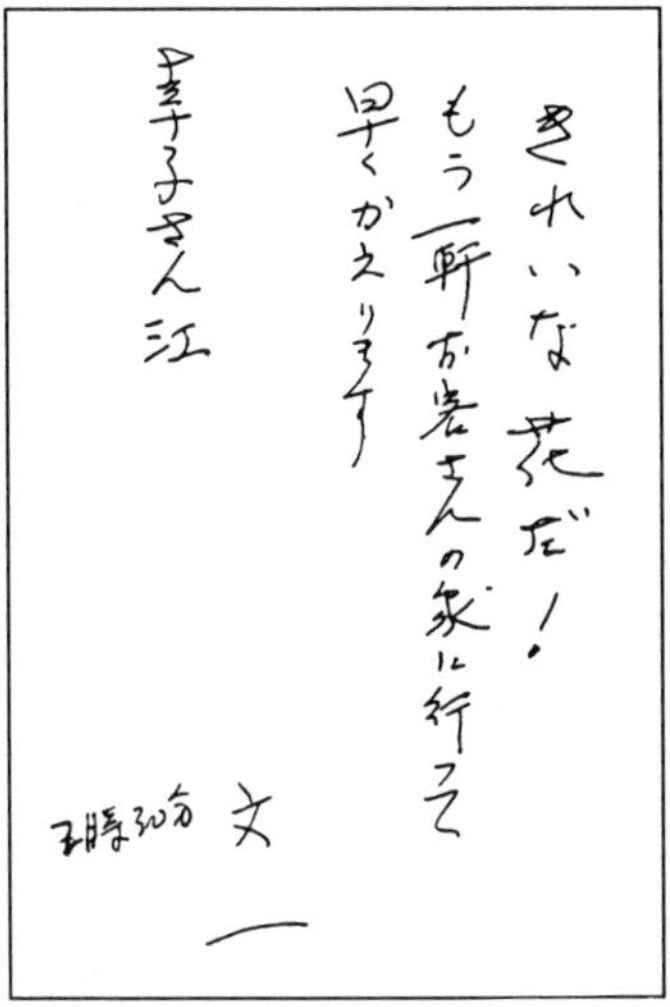

ある日の小雨にけむる夕暮れ時、陸橋の下に目をやると物凄い車の洪水でした。北に南に我が家を目指して帰りを急ぐ人達を、どんな家族が待っているのでしょう。

「どうかこの人達のすべての家庭が平和でありますように……」

と祈りながら、私は今まで以上に（家族を大切にしよう）と心に誓いました。近くでも出かける時はいつも置き手紙をしました。たまに私がベランダにいると、夫も子供もトイレまでノックして私を探します。

花だけでなく貝殻でもこけしでもどんぐりでも、玩具の小犬でもなんでも私の代りに「お帰り」と一声微笑みかけてくれそうなものを、夫へのメモに添えておきました。

玄関の履物はいつも揃えて、サクラ草やシクラメンの花を飾ります。一円のお金に泣いた境涯から、やっと一鉢の花が買えた時の喜びは今も忘れることが出来ません。嬉しくて下駄箱の上、机の上と場所を替えて、我が家の春を大切にしました。

人形ケースのメモを見た長女は、

「お母ちゃんが、昔あれほど父ちゃんに苛められても別れなかった理由がよう分かった」

と冷やかしました。

お母さん

大阪へ来て七年の歳月が経ち、私の母が治る見込みのないガンに侵されました。

結婚してから苦労のかけ通しだったお母さん。なんど米びつにお米を入れていってくれたことでしょう。三人の子供を連れて、これで桜の花も見納めと私が死を決意した時も、胸騒ぎがしたと魔法使いのように駆けつけて来てくれたお母さん、思い出せば結婚以来すべて助けて貰ったことばかり。

私は夫と、母のいる病院に駆けつけました。二人分の旅費もやっとなのに、

「お母さん、家を購うお金も大分貯まったよ」

と、母を安心させようと精一杯の大風呂敷を言ってしまいました。母は喜んで次々に訪れる姉妹や見舞い客に、

「幸子が家を買うそうな」

「本当に嬉しいことよ、安心した」

と、喜んで何度も何度も言ったそうです。

それから一カ月後に、母は七十六歳の生涯を閉じました。昭和四十五年の早春のことでした。

お母さんごめんね。でもあの大風呂敷は、大阪へ出て来た時の二人の大きな夢だから……、絶対に、どんなことがあっても実現させる夢なのだから……。

待っていて下さい、お母さん！

夕日

石津川にかかる太陽橋の上でふと西空に目をやると、大きな真っ赤な夕日があたり一面を茜色に染めて、じっと立ち止まっているように見えました。それはあたかも、私が一つの事を決意するまで待っていてくれるように、かつて体験したことのないとても神秘的な光景でした。その時、

「よし！　家を買おう」

と心の奥底からふつふつと大きな決意が湧いて来ました。それから、太陽は安心したように静かにゆっくりと沈んでいきました。まさに私の幸せを見とどけに来た母のような太陽でした。それは母が逝って四年目の秋のことでした。

翌日から新聞広告を丹念に見て、一歩ずつ我が家購入に向かって歯車が廻り始めました。条件がほぼ整ったところで、

「家を買うことにしたの」

と夫に言いました。

「アホか！」

夫はあっけにとられていました。でもそれからはやっぱり夫の出番です。話はとんとん拍子に進んで、昭和四十九年十二月に二人の夢はやっと実現したのです。

念願のマイホーム、昭和49年

大阪に来て十一年目のことでした。

「どうぞ、今度こそ本当に安心して下さい。お母さん！」

挑　戦

決心とチャンスと度胸……。

家を買うということは、並大抵のことではありません。お金があるから買える、ということでもなさそうです。千円のお金をやり繰りして買った最初の家から次々と大きな家に移り住んで、現在では念願の二女たちと同居の二世帯住宅に納まることが出来ました。

これで、新築の家に嫁いだ私の意地もやっと

二度目に挑戦した家、昭和53年（現在長女たちが住んでいます）

大阪の地で果たすことが出来ました。

あの大風呂敷を言ってしまった時から、その実現に必死で努力した四年間。この不可能を可能にするための挑戦にも楽しい思い出がありました。

まず新聞広告を見て下見に行き、その家の顔が気に入れば、指にツバをつけてチャイムを押して、家に挨拶です。これで互いに無言の約束が出来ました。

（大分お金は足りないけれど、もうこの家は私のものよ）と明日からその実現に向かってまひと踏ん張りです。こうして三軒の家に挑戦して、だんだん大きな家になりました。

「お前の肝っ玉にはあきれたよ」

「いえいえ、貴方のおかげです」

現在の家、昭和61年

夫の趣味

夫の病気がそろそろ始まりました。今度は女ではありません。物を集める道楽です。

家を買ってなんとかローンが払える生活になると、一鉢なん万円もする盆栽を、庭はもちろん家の中まで並べました。

ランの好きな友達に出会ったと言って、

「寒ランを買ったから、二十五万円すぐ払え」

ボーナスを貰った日のことでした。また、よその家で珍しいものを見ると、すぐ自分で法外な値を付けて持って帰ります。

釣り友達が出来ると、こんどは上等な竿を買

寒ラン、これが25万円

い集め、夜も寝ないでウキや仕掛けを作り、それが名人のような出来映えで、来る日も来る日も釣りばかり。雷が鳴り、前が見えないぐらいの大雨の中を、いくら引き止めても、

「海に着いた頃には雨も止む」

と、電車で行きました。傘をさして釣りに行くなんて……、最後には飛行機で八丈島まで行きました。

「危ないから」と止めれば、

「大好きな海で死ねたら本望じゃ」

と一人ででも行きました。本当にめまぐるしい趣味でした。

私はロマンチストだから、いつも夫のそばに居たいのに……。

釣り仲間と嬉しそうな夫

医学書

夫の体調が悪くなったのは入院する七年くらい前のことで、痔が悪いと言って近所の医院で薬をもらって一時しのぎをしていました。初めのうちは、私も薬局で薬を買って来たり、早く専門の病院へ行くようにすすめましたが、絶対に聞き入れません。そっと一人で医学書を見ると、ふと直腸ガンのところで目が釘付けになりました。夫の症状とぴったりです。そして最後のところに、不幸な結果となることは避けられません、とありました。私は体が震え医学書を夫の見えない所に隠しました。

そして毎日専門病院へ行くように勧め、最後にはとうとう、

「それは直腸ガンの症状とそっくりよ」

と言ってしまいました。夫は、

「痔が悪いのじゃ」

と、どうしても病院に行きません。とうとう痛みを感じるようになり、やっと病院に行っ

た時はもう手遅れで、不幸な結果となることは本当に避けられなくなっていました。

そのとき夫はまだ五十五歳の若さでした。

予感

入院の朝に　いかづち天を裂き
大事を告ぐるか夫《つま》との別れ

夫が直腸ガンと診断され、入院する日の未明のことでした。あたりを昼間のように照らして雷鳴が轟き、凄まじい大雨でした。

昭和六十年七月十二日のことです。不吉な予感を感じながら、雷雨が止んで掃き清められたような道を病院に向かいました。

やっと夫と二人きりになれるというのに、お互いに言葉も少なく、

「大丈夫よ」

と、笑顔だけは平静を装っても、地面に食い入りそうな足どりで、こんなに立派な体格の人があと三カ月とは……、いつもは先に歩いていく夫の足もゆっくりでした。

私の視界に映る風景は、貧しさのために三人の子供と自殺を決意した時と同じように、見るもの全てがこの世のものとは思えないほど美しく、いとおしい光景に見えました。あと三カ月とは……。

ピンクのリボン

五時間半の手術がやっと終わりました。

台に一キロ入りのお砂糖袋くらいの大きさの摘出物が並べられ、院長先生の説明を聞きました。

「リンパ節も目に見える範囲はすべて取りましたが、手遅れでどうすることも出来ません」

でも夫の生命力は旺盛で、ストマの調子も良くどんどん回復しました。

落ち着いた頃からお見舞いの人がひっきりなしで、個室の部屋は花盛り。中でも会社の支社長さんがくださった花束に付いていたピンクの大きなリボンをベッドに結ぶと、夫をいつも見守る優しい支社長さんの励ましの声が聞こえました。

お盆も過ぎ、遠くに花火を聞きながら、

「これで元気になるばかりよ」

とやさしく語り合い、夫は私の肩に手をやり、やせ細った体で歩行練習に励みました。でも私の心の中にはいつも「あと三カ月」、この言葉がトゲのように刺さって離れませんでした。

赤いカローラ

退院して二カ月くらいで、夫は少しずつ普通の生活が出来るようになりました。通院は毎週金曜日で、検査の後は私もこっそり一人で結果を聞きに行きました。

夫が手術をした年の暮れに、美佐子は一大決心をして自動車免許の取得に挑戦を始め、最初から最後までどの試験にも一ぺんで合格して、賞状までもらい、短期間に運転免許を手にすることが出来ました。

あっと驚く快挙に私達はびっくりしました。そして新車を身障者用に改造して、赤いカローラがお正月には到着しました。本当に家を買った時以上の根性でした。

まさか足の不自由な子がこんなことで親孝行をしてくれようとは……。

夫は助手席に乗ってアドバイスしながら、退院してはじめて明るい笑顔を見せてくれました。なにがあってもこれで安心です。

私は二女の〝救急車〟にそっと手を合わせました。

父母のため運転免許を得たと言ふ
　サクラ吹雪に吾娘の輝き

フィナーレ

「あと三カ月」、この言葉だけは打ち消すことが出来たけど、毎日があの医学書に向かって駆け足で進む思いで、ただ奇跡を祈るばかりでした。

夫は、手術をしたのだから後は体力をつけるだけと、いくら引き止めても単車に乗って東西南北走り廻り、それからの二年間は五年分にも匹敵するほどの勢いでいろんなことへの挑戦でした。

大きな原木でテーブルを作ったり、木の根や石を磨いて置物を作り家中に飾り、それは皆見事な芸術品でした。でも毎朝四十分の洗腸だけは欠かすことは出来ません。私は毎朝手伝いながら、（やっぱり夢ではないのだ。直腸ガンは現実なのだ）と夫が哀れでなりません。でも、この私の人生もなんと切ないことでしょう。

近くに広い土地を借りて耕し、キュウリ、トマト、ナスなどふる里を思い出して精を出しました。私は朝早くから出かけ、玉の汗を流しながら両腕がとぶような勢いで大根畑を耕しました。夫が元気な時から耕すのは全部私の仕事で、里いもや玉葱も大きなのが出来ました。

収穫すれば会社の人や友達に配って、夫はいつも野菜づくりの名人でした。ある時は、ひょうたんをいっぱい作って、大小二十個くらいをきれいに磨いて、栓もして赤や紫の紐で結び、これも売りものになるくらいの出来映えでした。

メロンやスイカも採れ、そして次はエビネです。一鉢五千円、八千円と集め、畑の隅に地植えもして、四国から一箱何万円の直送品を取り寄せ、肥料も小屋いっぱいに積んで、何んでも始めると明けても暮れてもそればかりで、水やりは全部私の仕事でした。

家の庭もエビネの花盛りで、どこもかしこもまさに夫の燃え尽きる生命のフィナーレのようでした。そして夫は、

「お前と結婚して本当によかった。良くしてもらったので何も思い残すことはない」

「自分で貰う金は全部使わせてもらう」と、休職中というのに、年金はすべて植木になりました。

私はもっと夫と二人だけの静かな時間がほしかった……。

夫がつくった置物（上）と火鉢（下）

原木は北海道の娘婿の実家から頂きました

ボケ、紅白の花が咲きました

夫のフィナーレを
飾ってくれた盆栽

幕の内弁当

夫は畑小屋の前で、一点を見つめてじっとしている時が多くなりました。自分の生命の限界を予感しているのでしょうか。私が出来るだけ楽しい話題で話しかけてもうわの空で、言葉も少なくなりました。

昼前になって、長女が二つの大きなお弁当とお茶を持って畑にやって来ました。

「結婚記念日おめでとう」

私達はびっくりしました。一流の料亭で作って貰って来たのでした。

二人だけで、小屋の前に座ってお弁当をひろげ、

「あれから三十四年も経ったね……」

「大阪に来た時は、一坪の土地でもいいから自分の土地の上で死にたいと思ったが、よう頑張ったなあ……」

と、夫も感慨に耽っております。私は、もしかしたらこれが今生で最後の結婚記念日に

恐縮ですが
切手を貼っ
てお出しく
ださい

160-0022

東京都新宿区
新宿1－10－1

(株) 文芸社

ご愛読者カード係行

書　名			
お買上 書店名	都道府県　　市区郡　　書店		
ふりがな お名前		明治 大正 昭和　　年生　　歳	
ふりがな ご住所	□□□-□□□□	性別 男・女	
お電話 番　号	（ブックサービスの際、必要）	ご職業	

お買い求めの動機 1．書店店頭で見て　2．小社の目録を見て　3．人にすすめられて 4．新聞広告、雑誌記事、書評を見て（新聞、雑誌名　　）
上の質問に 1. と答えられた方の直接的な動機 1. タイトルにひかれた　2. 著者　3. 目次　4. カバーデザイン　5. 帯　6. その他

ご講読新聞　　新聞	ご講読雑誌

文芸社の本をお買い求めいただきありがとうございます。

この愛読者カードは今後の小社出版の企画およびイベント等の資料として役立たせていただきます。

本書についてのご意見、ご感想をお聞かせ下さい。 ① 内容について
② カバー、タイトル、編集について
今後、出版する上でとりあげてほしいテーマを挙げて下さい。
最近読んでおもしろかった本をお聞かせ下さい。
お客様の研究成果やお考えを出版してみたいというお気持ちはありますか。 ある　　ない　　内容・テーマ（　　　　　　）
「ある」場合、小社の担当者から出版のご案内が必要ですか。 希望する　　希望しない

ご協力ありがとうございました。


〈ブックサービスのご案内〉

小社では、書籍の直接販売を料金着払いの宅急便サービスにて承っております。ご購入希望がございましたら下の欄に書名と冊数をお書きの上ご返送下さい。（送料1回380円）

ご注文書名	冊数	ご注文書名	冊数
	冊		冊
	冊		冊

なるかも知れないと、心の中でそっと思いました。

おいしくて綺麗な彩りのお弁当が、かえって切なく目に沁みます。

絹ちゃん、最後の思い出をありがとう。

この記念すべき日にひと言私にも言わせて頂ければ、三十四年間もこの厳しい人についいて、険しい幾山河をよく乗り越えて来たものです。

でも思い出は美しい！

庭木の剪定

夫は脚立に登って庭木の葉刈りをしていました。私は下から、

「その枝は切らない方がいいね」

とか、夫に聞かれて木を眺めてはアドバイスします。大きな松は時間はかかるけど、器用な夫の鋏できれいに変身しました。ツゲの木もこんもり丸く型が調い、これで庭もすっきりして、剪定が終わる頃には私も切り落とした枝を片付けて、すっかりきれいに出来上

がりです。

自分の家の庭が終わると、今度は近所の葉刈りにも行き、とにかく好きでやらせて貰うのが嬉しいのです。よその庭木を切り過ぎたり失敗したりしないかと、私は家にいても夫のことが心配でなりません。

夫にとって、最後の秋の日のことでした。

我が家の門かずきの槇の木の一番大切な枝がポキッと折れました。夫は、

「おれもこれでおしまいだ」

と、とてもがっくりしています。外に出て眺めると家の顔も台なしです。

「惜しかったね、でもすぐに伸びてくるよ」

と私がいくら慰めても、夫は肩を落として、こんなに淋しそうな姿は初めてでした。

初夢

手術をして二年の歳月が経ちました。

昭和六十二年九月のことです。検査の結果が悪く、再発の恐れがあるようです。とうとうくるべき時がやって来ました。それでも夫は最後の力をふりしぼって単車で走り廻り、今度はツボやお皿や骨董品です。車で信楽までも行きました。でも病気には勝てず、徐々に痛みが激しくなり、赤いカローラが忙しくなって来ました。

昭和六十三年一月二日の明け方のことでした。故郷のお城山の上を大きな等身大の埴輪が白い雲の中を見え隠れして南から北へゆっくりと流れて行きました。それが見えなくなるとお城山の上から三十人くらいの兵隊さんが雪崩《なだれ》落ちるようにおりて来ました。

これが私の初夢でした。本当に夫のことをはっきりと予感するような、不吉な年のはじまりでした。

初夢はふる里の空流れゆく
　等身大の夫のまぼろし

再入院

夕方から地面をたたきつけるような雷雨でした。昭和六十三年一月二十一日木曜日、いよいよ再入院の日が来ました。私も一緒に寝泊まりです。病院でもやはり朝の洗腸は欠かせません。痛み止めの注射も頻繁になり看護婦さんも大変です。一カ月くらいして院長から退院を勧められ、

「これは邪道だけれど、家で注射をして下さい」

と痛み止めの注射液と消毒綿の入った瓶を渡され、退院することになりました。夫には黙って長女の絹恵と保健所や市役所に相談にいき、やっと夫の最後の場所となる馬場記念病院で心よく引き受けて下さいました。

昭和六十三年三月五日のことです。その日もやはり雨でした。四階の四三〇号室、先生も看護婦さんもとても親切な方ばかりで、安心して私も病院へ寝泊まりして夫と共に病魔に挑みました。痛み、吐き気と辛い症状になりました。

私は前の病院の時から時間を追って克明に病状日誌を毎日綴り続け、それが大学ノート三冊になりました。

三月十二日（土）　小雨

島根県から夫の姉さん達が見舞いに来て下さいました。ちょうどその時痛みもなく、夫も喜んで話が出来ました。余命いくばくもない弟の姿にさぞ辛かったことでしょう。私の兄夫婦や姉や妹達も遠くからやって来ました。

こうして遠方の見舞い客が多くなると、私は最後の日の近いことを心に、夫には出来るだけの笑顔で看病に励みました。夫は体格がいいので重くて毎朝の清拭は大変でしたが、他の患者さんのヘルパーさんがなさるのを見て、ひげ剃りも洗髪も出来るようになりました。
夫の顔を温かいタオルで拭くと、大きく息をしてとてもすっきりした顔をします。
これが病院の一日の始まりです。

イヤホンに流れるラジオの花だより
　手鏡悲し春をうつしぬ

患者等のパンに集まる雀たち
　我れより大き春に戯むる

夫の眠った間にちょっとラジオを耳にすると、もう春です。病院の中庭にもチューリップやパンジーがきれいに咲いて、孫も小学生になりました。
子供達も植木の水やり、孫の世話で忙しいのに毎日病院へよく通ってくれました。

四月二十五日（月）　晴れ
タール状の黒い便が大量に出ました。今日は私の五十七歳の誕生日です。次の日も大量の黒便です。今まで何度も不吉な予感はしたけれど、こんな緊迫感は初めてです。
痛みの上に新しい症状が重なって、本人はもちろん、看病する私も大変で夜もほとんど寝ていません。

五月六日（金）　晴れ

幻覚症状が始まりました。

「病院は、おいしい菓子を皆に配ってくれたらええのになあ」

「おれの財布の中にお金はあるか、見せてくれ」

おなかは腫れて苦しいのに、まだ植木を買いに行くと言うのです。ベッドの下から取り出して財布のお金を見せると安心して眠りました。

五月十日（火）　雨

今日は病院に散髪屋さんが来て、夫もベッドに寝たままで短かく刈って貰ってさっぱりしました。ああ！　これも夫を送る準備だと思えば悲しくなります。

五月二十三日（月）　雨のち晴れ

夕方、孫達が来てじいちゃんと握手しました。今日は手が白く血液が通っていないようです。

そろそろ衣替えの季節です。

六月十三日（月）　晴れ

六月に入ると病状は悪化して、私は夜昼一睡も出来なくなりました。今日まで一日も帰らず病院に泊まっています。

昨日でこの病院に来てちょうど百日目になりました。幻覚症状もひどく、言語障害も出て来ました。

「今海に来ているけど、津和野へ帰りたいので、パパ（娘婿）に連れて帰るように頼んでくれ」

「釣りに行くからベッドの柵をはずせ」

と、何度も言います。

六月十五日（木）　晴れ

「さっきから歩いていたのに、足になんで針金をするのか、早くほどいてくれ」

「兵隊さんが並んでどんどん近づいて来る」

「鉄器の上で足が焼けている」
大変な言葉が続きます。

六月十六日（木）　曇り
「ベッドの柵をはずせ、単車で家に帰るからガソリンもついどいてくれ」

六月二十日（月）　晴れ
「いらない物は持って帰れ。背広を着せてくれ、会社の組合にいくから」
「車のエンジンがかかっているのに外に出られない」
と言ってカーテンを引っ張ります。

六月二十二日（水）　晴れ
「ビールの一本くらい配ったらええのに」
「緑化センターへ行くから服を着せてくれ」
「昨日は天皇陛下の映画を見た。絹ちゃんとこの二階で寝たい、ベッドは嫌じゃ」

夫にとっては皆懐かしいことばかりです。

七月一日（金）　雨

「市役所へ行って健康保険証を廃止してこい」

「葬式に行くのが遅れるから靴をはかせ」

クッションの柄が杉の木に見えるらしく、

「ええ杉の木になったなあ」

内容も一段と深刻になりました。夜昼一睡もしていない私の体はもう限界です。私は中耳炎になったのか堪えられない程の激痛です。夫はいつ知ったのか、

「家内が胃が痛いと言うから薬をやって下さい」

と看護婦さんに言いました。この時夫の優しさを感じました。胃と耳は違ったけど。

七月六日（水）　晴れ

体に悪いので他の注射の時もあったけど、チューブから入れる痛み止めの注射が一七二回目になりました。外科部長の先生が下に敷くバスタオルを取り替えて下さいました。男

の先生なのに手際よく……私の耳はやっと良くなりました。

夫の体は痛みの上にいろんな症状が出て大変になって来ました。

七月二十一日（木）　曇り

元気な時飲んでいたのを思い出してか、

「養命酒が欲しい」

と言うのにはびっくりしました。早速家から持ってこさせ、スーッと一口だけ飲みました。この後、ずっと高熱が続き二十二日午前二時には39・8度、二十三日には40度になり悪寒もします。この頃午前一時、二時頃の急変が多くなり、看護婦さんに気の毒です。ヘルパーさん達も、

「よく体が続くね、これだけ一生懸命に看病する人は見たことがない」

と皆私の体を心配して下さいます。

七月二十四日（日）　雨のち晴れ

夕方七時半、病室の窓から遥か南の山の上に人間大のソフトクリーム型の大きな火の玉

がヒョロヒョロと見えました。我が家の方位です。不思議な出来事でした。

ちょうどその時間に家でも不思議なことが起こりました。その直後夫の体は震え出し、悪寒が始まりました。熱は39・1度、夜十時に水をよく飲みました。二十五日午前二時、看護婦さんに解熱注射をして貰いました。

その時です。夫はしっかりした言葉で看護婦さんに、

「ありがとうございました」。今度は私に、

「ばあちゃん、どうもありがとうございました」

私は突然のことで、人前ですし、

「アラ！　私にはどうもがくっつくんだね。じいちゃん」

と言ってしまいました。いえいえこちらこそありがとう、と言えば、これが二人の最後の言葉になってしまいそうでした。看護婦さんがナースセンターへ帰られて、夫にいくら話しかけてももう何の反応もありません。午前四時、呼吸がとても粗くなりました。私に甘えるような言い方で、

「死にたい、早よう死にたい」

と言いました。

七月二十五日（月）　雨のち曇り

最近の病状日誌は、毎日体温の記入も一〇回以上で、症状もノート一頁ぎっしりです。今日は朝から、今までお世話になった先生方が次々と診に来られます。私はずっと不眠不休ですが、夫が憐れでなりません。

七月二十六日（火）

相変らず高熱が続き、脈が早くなり目は虚ろです。先生から喉の所へ穴を開ける相談があったけれど断りました。

夕方、三女千晴が来てくれ、夫はその時だけ気が付いてとても喜び、

「お前は木曜日が休みだから、木曜に死んでやるよ」

と不思議に話が出来ました。四、五日前には長女に、

「二十四日の夕方には家に帰るから」

と言ったそうです。あの火の玉が見えた時は、きっと魂は家に帰ったのかも知れません。後で考えると不思議なことばかりです。

最後の三唱

七月二十七日（水）　晴れ

午前零時半、私は今しかないと最後の決心をしました。夫の耳もとで、

「お題目しかないよ、御本尊様に南無妙法蓮華経と三唱して」

と叫ぶような気持ちで言いました。すると私の言葉が終わると同時に、

「南無妙法蓮華経、南無妙法蓮華経、南無妙法蓮華経」

と、ふりしぼるような声で三唱しました。

これが今生で夫の本当に最後の言葉となりました。

「御本尊様、ありがとうございました」

私達は日蓮正宗法華講員です。私は家ではもちろんのこと、病院でも入信以来三十三年間一度も勤行を欠かしたことはありません。

午前零時四十分、アーアーアーと三回声が聞こえました。もう一度三唱したのかも知れ

ません。午前二時、水で口を浸しても何の反応もありません。体温は38度台から下がりません。血圧100～90。

朝十時半、酸素吸入が始まりました。

午後二時半、三人の孫がいくら呼んでも目を閉じたままです。

御本尊様、どうぞ安らかに霊鷲山にお導き下さいと祈りました。

臨　終

七月二十八日（木）　晴れ

手術をして三年が経ち、この病院に入院してこの日で一四六日目になりました。私も夫と一四五泊です。そして今日は木曜日です。

朝早く先生が来て下さいました。血圧がとても低くなり、メイロン、ブドウ糖の注射をされました。私は夫の耳もとでお題目を唱え続けました。子供三人の家族が全員集まりました。とても呼吸が粗くなり、先生達も詰所で待機しておられるようです。

「お昼から個室に移りましょう」

ということで、私一人を残して子供達は一階のロビーに行きました。

その時、私だけになるのを待っていたかのように、急に、

「ハア、ハア、ハアー」

と大きな息を三回して、ちょうど列車が止まるように夫の呼吸はスーッと静かに止まりました。

私だけが見守るなかで、昭和六十三年七月二十八日午前十一時三十二分、夫は五十八歳の生涯を閉じました。

すぐコールしました。先生方、看護婦さんが皆駆けつけて人工呼吸や注射をして下さいました。子供達も一階へ着いたばかりで、また大騒ぎで病室に集まりました。

十一時四十分、先生が、

「ご臨終です」

と、頭を下げられました。私も、

「どうもお世話さまになり、ありがとうございました」

と、心からお礼を言いました。

夫の顔は見る見るうちに白くきれいに変わっていきました。

三十五年間、本当にありがとう……

夫よ、どうぞ安らかに……

風らんの咲く頃

赤いカローラで三月五日にはじめて入院した夫は、今病院の地下から寝台車に乗って無言で我が家に帰ります。先生方をはじめ、お世話になった方達が見送りに来て下さいました。

「皆さん、本当にありがとうございました」

帰宅の準備をする娘に、ヘルパーさんは、

「あんなに看病された人は見たことがない。今度はお母さんを大事にしてあげなさいよ」

亡夫を迎えてくれた風らん

と口々に言われたそうです。

私はこの五カ月間に、医療に携わる人達のお仕事がどんなに崇高で、どんなに激務であるかということを心の底から知りました。

激痛の中にも夫の人生最後の花道をやさしく手にとって、思い出を飾りながら安らぎの彼方へと誘《いざな》い旅立たせて下さった皆さん、本当にありがとうございました。

早春の庭で咲きかけた春ランに見送られて入院した夫は、いま白い風らんの花に迎えられ我が家の門をくぐりました。

なんと安らかな顔でしょう。穢れを知らない幼子のように色は白く紅をさして……。富士山のように気高く、最高の成仏の姿でした。

夫よ　安らかに……

息子たちよ

夫の死を聞き、多くの人が駆けつけて下さいました。時間は刻々と過ぎ、これからお通夜、告別式と執り行わなくてはなりません。

私はいつものように夫に、

「どんなお葬式をしたらいいの」

と問いかけました。返事が返るはずもありません。この時、本当にこれからは夫はもう居ないのだと実感しました。

外に出てみると、玄関に葬儀社の人が造って下さった山水のお庭の中に、夫が遺した大きな鉢植えの根もとにつわぶきをあしらった薄紫の百日紅《さるすべり》の花がちゃんと納まっていました。つわぶきは津和野の花です。

そして、近所の方たちのお世話で準備が進められると、

「こんなふうに決まったよ」

と、気が付くと夫に全部報告していました。

こんな時、一番力強く思ったのは娘婿の存在でした。いま我が家の一大事に、みんなで力を合わせて私を助けてくれています。夫も喜んでいることでしょう。育てたこともないのに、何という巡り合わせでしょう。立派な男の子が夫の最後を皆で盛り立ててくれています。何という宿縁でしょうか。

私はたとえ夫がいなくとも、この子達と相談しながら余生を明るく生きて行こうと、そっと心に言い聞かせました。

息子達よ、ありがとう……

最後の別れ

お天気にも恵まれ、親戚の人たちや会社の方たち、夫が生前お世話になった方たちが大勢参列して下さり、告別式も滞りなく進行して最後のお別れとなりました。皆、樒《しきみ》を持って夫のそばに集まりました。

夫は安らかな顔で気品を漂わせ眠っているようでした。皆あまりの美しい顔にびっくりして樒を入れるのも忘れて、

「まあきれい！」

「まあきれい！」

と感嘆の声をあげて前に進みません。

柩の中には、元気になったらすぐ着られるようにと、休職中に誂えた真新しい背広やシャツも入れました。

夫はいま一人で旅立とうとしています。さぞ闘病生活は辛かったことでしょう。でもあの痛みから解放されたのだから、私はいま安心して貴方を見送れそうです。

「ながい間、本当にありがとう」

「どうぞ安らかに……」

と心の底から祈りました。

馬場記念病院

夫を乗せた霊柩車は、いま五カ月間お世話になった病院のそばにさしかかりました。

「どうもありがとうございました」

夫は皆さんのおかげで安らかにいま旅立ちます。夫の生命をとどめたこの病院に、私は深々と頭を下げて通り過ぎました。

今日も夫の居ない病院の中で先生方、看護婦さんたちは、また多くの病める人たちの病魔に敢然と立ち向かっていらっしゃることでしょう。

　先生のやさしさ見えるバスタオル
　　ずれし位置《うえ》にも夫《つま》は安らか

　ベッドよりおり立つ願い叶わずも
　　自由の天地安らかに逝く

　人生の幕は下ろされ千仏《せんぶつ》に
　　抱《いだ》かれし夫の安らかに逝く

先生方をはじめ看護婦さん、お世話になった全ての皆さん、本当にありがとうございました。

後片付け

お葬式もすみ、やっと静かな日々になりました。でもホッとする間もなく、いろんな手続きや畑の片付けが待っています。

一人では抱え切れない程の重い植木をリヤカーに積んで家に運び、小屋にある肥料も土も重いものばかりで、夫は死んでまで私を追い使うことばかりです。亡くなった人の物を誰に差し上げても悪いと思い、一生懸命に運び、畑の片付けはお正月近くまでかかりました。

小屋の傍らに夫がひょっこり居そうな気がする時もあったけど、やっぱりもう二度と会うことの出来ない人と思えば、なんと侘しいことでしょう。

夫の愛車。東西南北、よく走り回ってくれました

夫が大好きだった単車はピカピカに磨いて、夫の一番親しかった人にあげました。前からも横からも何枚もカメラに収めて、思い出を残しました。単車だけはまた東西南北、夫の通った思い出の道を走り続けてくれることでしょう。

欲しかったひと言

生命保険の仕事の関係で、女の方がよくお参りに来て下さいました。

「ご主人は本当に厳しい人でしたが、いつも筋が通っていました」

「それに、奥さんのことを、よく出来た家内じゃといつも褒めていらっしゃいましたよ」

と言われるのです。この言葉は生前にも何回も人から聞いた言葉ですが、何故私にやさしい言葉のひと言が言えなかったのでしょうか。そのひと言で、私の人生もどんなに嬉しい日々になったことでしょう。


私もちょっと夫に過保護過ぎたようです。なんでも夫に従っていれば家庭の平和が保てるし、それが子供たちを守ることにつながるというコツを、いつの間にか覚えていました。

家に帰ればすぐに、

「酒じゃ」「ビールじゃ」「めしじゃ」と言うだけで、私が風邪をひいて頭が痛いと言えば、

「救急車を呼べ」

ただそのひと言でした。だから病気になっても、一度も病院に行ったことも寝たことも
なく三十五年間が過ぎました。本当によく体も続きました。

私は夫との思い出を綴る時、いつも何か一つでもやさしさを書きたいと探します。娘に
聞いても、一度もそんな思い出は出て来ません。

「本当にじいちゃんは悪い人だった」

「それでも、いい人だった」

それが最後に落ちつく全員の言葉です。

でも私は知っています。本当はやさしい人なのに、やさしい言葉が言えなかっただけな
のです……。

「父の日」のながき一日《ひとひ》を持て余し
どこにも居ないハンサムな夫

過ぎし日々

夫が居なくなって、初七日から七日毎の法要、百カ日、月参り、お彼岸とすべての節目には必ず寺院にお参りして早や四年の月日が経ちました。これは私のつとめだから一人で行くと言っても、二女はいつも車で行ってくれます。その途中に馬場記念病院があります。病院の白い建物に高い看板が見えてくると、お互い無言になり私は心の中でお題目を唱えて一礼します。

夫が最後の足跡をとどめた思い出の場所と思えば、自《おの》ずと頭が下がり、いとおしく感謝の気持ちが湧いてきます。

こうして月命日は駆け足で過ぎ、私は夫との思い出を手繰《たぐ》りながら過ごしています。思い出せば夫との三十五年間はアッという間の瞬間的な出来事で、本当に儚い「草の上の露」だったと感傷に浸っています。

車窓より生命《いのち》鎮めて会釈する
慣わしとなる夫逝きし病院

泉南メモリアルパーク

夫は生前、

「死んだら骨は海辺の崖の窪みに入れておいてくれ」

といつも言っていました。本当に海の好きな人でした。

堺市役所で相談すると、

「堺市の蜂ケ峯霊園は三年先まで募集はありませんので、泉南のメモリアルパークはどうですか」

と、パンフレットを渡されました。早速長女と下見に行くと、夫の喜びそうな海の見える緑の公園墓地で、眼下には大阪湾が大きく開け、遥か向こうに淡路島や六甲の山並みが一望できる素晴らしい景勝の地でした。

（もうここしかない）と、今度は全員で行って霊地を決めました。

そして一周忌を前に平成元年七月十五日、開眼法要をしていただき納骨することが出来ました。それから今日まで一度も欠かすことなく、お盆やお彼岸はもちろんのこと月参りも毎月しています。

南海本線の羽衣駅から急行で尾崎を過ぎると、大阪湾が一望でき、眼下に釣りをしている人が見えます。

「あら！　また海に来ているのね。早く帰らないと、私がせっかく会いにきたのだから」

と心の中で夫に話しかけます。

いつも海の見える座席に座り、みさき公園駅で下車すると送迎バスに乗り十分で公園墓地に到着です。

園内はいつも管理が行き届き、四季折々の草花が咲き乱れ、孔雀かと見間違うほどきれいな雉にも出合います。それにすぐ眼下は夫が傘をさしてまで釣りに行った淡輪《たんのわ》の海です。

（本当にこの霊園にして良かった）と皆で喜んでいます。

毎月命日が近づくと、天気予報を気にしながらタバコ、ビール、酒、お饅頭、果物と、お墓に並べ切れないほどの夫の好物をリュックに詰め、家から必ず水を持って行きます。湯

呑み も添えて私達の飲む水を夫にも飲ませようと、夏は冷凍にして行きます。

そして庭に咲いている夫の育てた花たちが一、二本いつも私のお供です。日蓮正宗は樒だから生けるのではなく、夫に見せて、

「いい香りよ、今年もきれいに咲いたわよ」と話しかけるのです。そして二十分くらいでお墓をきれいにして、読経、唱題と心ゆくまでして、

「ありがとう。おかげで毎日幸せに暮らしているからね」

と夫に感謝して、家の様子や孫達のことを報告しながらお弁当を食べます。

烏が荒らすのでお供物を片付けて、休憩所に行って五分くらい休んで、また夫に会いに行き、

「また来るからね、本当に帰るよ」

と声をかけて、バスに乗ります。だから一カ月に一回行っても二回会った気持ちで名残りを惜しんで帰ります。

花は持って帰り、グラスに生けてしばらくすると押し花のようにしおれた花も生き生きと蘇り、いつまでも私の部屋に夫の余韻がひろがります。こうして今月もお墓参りが出来ました。

泉南メモリアルパーク

釣り好きの夫《つま》遊べるや黄泉《よみ》の世も
　安らかに在れ淡輪の丘

酒みかん庭の小菊も連れゆきて
　夫の墓標に語りて尽きず

ふる里

夫が逝って二度目の帰郷です。

平成二年九月、津和野駅で列車を降りると、私の過ぎし日々の悲しみを癒すかのように、ふる里は大きく両手をひろげて迎えてくれました。

「なんと懐かしい！」

母のやさしさを感じるひと時でした。

私は一人思い出の街並みを少し歩き、夫の生まれ育った長野《ながの》までバスに乗って、夫の両親や兄さんたちの眠るお墓にお参りに行きました。

あたりは一面黄金色の稲穂が揺れ、赤い彼岸花が点々と咲いていました。

生前石が好きだった夫のみやげに、綺麗な特徴のある小石を三個拾い、夫の幼き日々に遊んだ道を小学校まで歩きました。

途中大きな樫の木陰があり、涼しい風が通り抜けます。岩陰の湧き水に触れると、真夏日というのに氷のような冷たさです。かつて夫はこの水でなんど喉を潤したことでしょう。

私は〝ありがとう〟と頭を下げました。

「学校が終わると弁当ガラをカランコロンと鳴らして走って帰り、すぐ遊びに行っていた」とよく夫に聞かされていた通学路……、その当時はアルミの弁当箱だったから、夫のかわいい小学生姿を想像しながら聞いていたけど……。

小学生の頃のかわいい夫

今私は一人で、その木陰に佇んでいます。
吹き抜ける涼風が、夫のやさしさに感じられました。
ある時は緑陰をつくり、ある時は雨や風や雪を防いでくれた木々たちに、また空や美しい花や小鳥たちに頭を下げながら……。

どんぐりの実を握りしめ、木部《きべ》小学校前からバスに乗り、津和野の街に着きました。久しぶりに、時間が止まったように長閑かな一人旅でした。

ふる里の駅に降り立ち深呼吸
涼風《すずかぜ》うれし母の優しさ

幼日《おさなび》に夫の遊びし通学路
バスにも乗らずいとおしみゆく

夫よ安らかに

「電車に乗ってもどこに行っても、じいちゃんほどの男前に出会ったことがない」と息子達（娘婿）がよく言います。本当に私もそう思います。だからこそ、どんな辛い日々にも耐えて三十五年間生きて来たのです。

夫が逝って四年の歳月が流れ、今年も庭の木陰に夫の好きだった白い風らんの花が咲き、七月二十八日の命日がやって来ました。

あれから三女千晴にかわいい女の子が生まれ、夫の知らない文香《あやか》を抱いて私はほのぼのとした喜びに浸っています。

夫より私の人生の方が幸せかも知れません。木や盆栽、鉢、石など……重い物ばかりを相手に、また眠いのに酒や女や賭事《かけごと》や釣り……に、本当に忙しい一生だったと夫が憐れに思えます。

「もっとのんびりすればよかった」

と、夫の声が聞こえます。

幼くして父をなくし、小さい体でよく母の手助けをして皆から褒められかわいがられて過ごした少女時代。悲しい戦争の明け暮れに「報国袋」を背負い、学徒動員として堤防作業や勤労奉仕に汗を流し、あらゆる苦難に耐えて過ごした学生時代。また結婚してからも夫の仕打ちに耐えて過ごした子育て時代……。でも私の周りにはいつもやさしい励ましの眼差しがありました。

私は今、私自身の宿命に打ち勝った充実感に浸りながら、三人の娘たちの辛い〝共演に〟、

大石寺登山会の時、昭和56年7月

「ありがとう！　よく頑張った！」

と感謝の心が湧き起こり、娘たちに万雷の拍手を送ります。それは、きっと私の生きている限り、幼き日々のあの子たちの頭上に私からの拍手はいつまでも鳴り止まないことでしょう。

私の左頬にある黒いホクロは、夫を助けるホクロとか……、些細なことでさらしの中に包丁を忍ばせて夫に怒鳴り込みに来たやくざを、（夫に会わせてなるものか）と渾身の力で追い返し、あんな女の底力は初めてだとびっくりさせたことも、過ぎればさわやかな思い出です。

私は過ぎ去りし日々を振り返り、

「やっぱり夫と結婚してよかった！」

と二人の美しいドラマを、今日も懐かしく思い出しています。

「ばあちゃん、どうもありがとうございました」
「いえいえ、こちらこそ本当にありがとうございました」

雑草《あらくさ》のなかにひと群れ水仙の
　背すじ伸ばして秋霜に起《た》つ

身障の吾娘《あこ》を背負いし通学路
　現在《いま》母《われ》を乗せ赤きカローラ

二十年《はたとせ》も吾娘を支えし松葉杖
　われにも優《まさ》る母ごころ愛《いと》し

万里より幸せ満ちて春の日々
　冬の旅路は遠き思い出

私の願い

私は昭和六年、羊年生まれの木星人。

夫がどんな人であろうと、尽くすことしか出来ない女、いいえ女性はいくつになっても誰かに甘えたい、愛されたい、尽くしたい……。

そんな本能を持って生きています。

夫のたったひと言の思いやりの言葉がどんなに嬉しく、どんなに人生をバラ色に変えてくれることでしょう。そのひと言で女性の心にまたやさしい心がひろがります。

男性のみなさん！　特に熟年男性の皆さん！　愛の表現は下手かも知れません。でも今日から、相手の人生も大切にすることに目覚めて下さい。相手を大切にすることは、自分を大切にすることです。今からでも遅くはありません。

「ありがとう」「おいしいよ」「気をつけて」……いくらでも女性の喜ぶひと言があります。それを、女性を思いやる心の中から使って下さい。男女ともに、相手を思いやる心、相手の人権を大切にする心、これこそ本当の意味での男女平等の精神ではないでしょうか。一人のよりよい心の変革が、世の中を大きく明るく変えていきます。
お互いの一度しかないこの人生に楽しい思い出を残すために、やさしい思いやりのひと言が世の中にひろまっていくことを、私は心より願ってやみません。

花咲けば遺影の夫にかざし見せ
ひと鉢ごとに季節《とき》は過ぎゆく

あとがき

夫の遺した木や花に四季の移ろいを感じつつ「自由」という夫からの贈りものに戸惑いながら、私は思い出の中に時間《とき》を過ごしておりました。

そんな頃、あたかも下書きを原稿用紙に書き写すかのように一気に自分史を書き上げました。ちょうどそれは、夫が逝って四年目の夏のことでした。

何かにとり憑かれたように二人の過ぎし日々を辿りつつ、夫との思い出を温めながら文章の中に、いや現世に夫を蘇らせたくてペンを走らせました。

そしてお世話になった方たちに感謝の心を込めて、一度下ろした幕を押し上げて再び皆様の前に二人で登場したのでした。

夫の姉さんは、「文《ふみ》ちゃんが帰って来たような」と、泣いて喜んで下さいました。


それからあちらこちらに差し上げて、思いがけない反響にびっくりしました。本を回し読みしていると聞き、もう一冊上げたり、結婚する娘さんに持たせたいと言われて、幸せを祈りながら差し上げました。手紙や電話が殺到し、関東から嬉しい電話がありました。

「あなたの本を多くの人に読ませてあげたいから、もしあれば送って下さい」

とのことで八十冊送りました。電話を下さった方は、私が尊敬する人生の師とも言うべき立派な方で、こんなに嬉しいことはありませんでした。本がその方のお心にふれて一冊一冊に生命を宿し多くの人達を幸せに導いてくれるものと確信し、夫が関東に単身赴任しているような気持ちでした。

こうして、全ての人達が私の気持ちを善意にくみとって、やさしい言葉をかけて下さいました。

私の人生は、踏まれても踏まれても起き上がる雑草のように、相手が悪いのではない、すべて私の宿命なのだから……、と罪障消滅を祈って宿業に立ち向かって生きて来た日々でした。そして野に咲くタンポポのように、やっと力強く確かな人生の春を感じることが出来たのです。

本も残り少なくなった昨年の初夏、文芸社様から電話があり、

「あなたの本が目にとまり、当社で出版するかどうか検討したいので本を送ってほしい」

との内容でした。本当にびっくりしました。

子供達とも相談して、本を発送しました。

ただ一生懸命に生きた人生を、ありのままに書いただけの文章を、過分に高く評価して下さり、文芸社様から発刊して下さることになったのです。でも、私の決心はなかなかかっ

きませんでした。

　そんな頃、見知らぬ方から市外電話をいただき、

「〝大切な宝物だから必ず返してね〟という約束であなたの本を借りて読み、感動しました」とおっしゃいます。私の本を宝物と言って下さる方が一人でもいらっしゃるのだからと、子供たちにすすめられ、やっと決心がつきました。

　こうして、下りかけた幕が文芸社様からの思いがけないアンコールによってまた大きく開かれ、二人で三度《みたび》登場する事となったのです。

　ありがとうございました。

　夫が逝って十四年、文芸社の方たちの温かいご声援とお力添えによりまして、立派な本が出来上がりました。こんなに嬉しいことはございません。とくに田熊様、伊藤様、編集の皆様には大変お世話様になり、ありがとうございました。

　私はこのすさんだ世の中に少しでも和やかな心が広がって、平和な日々が訪れることを心から願っております。

　この本をお読み下さった皆様、ほんとうにありがとうございました。

　皆様のお健やかな日々をお祈りいたします。

夫愛《つまめ》でし風らんの花咲き初《そ》めて

めぐり来る忌を確かにつげぬ

幸子

平成十四年　初春

著者プロフィール

中島 幸子（なかしま　さちこ）

1931（昭和6）年4月25日、島根県津和野町生まれ。
島根県立津和野高等女学校卒。
1953（昭和28）年、結婚。
1988（昭和63）年7月28日、夫と死別。
現住所　〒593-8311　大阪府堺市上189-13

風らんの咲く頃

2002年 3月15日　初版第1刷発行

著　者　中島 幸子
発行者　瓜谷 綱延
発行所　株式会社 文芸社
〒160-0022　東京都新宿区新宿 1-10-1
電話　03-5369-3060（代表）
03-5369-2299（営業）
振替　00190-8-728265

印刷所　株式会社フクイン

ISBN4 - 8355 - 3265 - 1 C0095